MODERATO CANTABILE

MARGUERITE DURAS

MODERATO CANTABILE

suivi de

« MODERATO CANTABILE »
ET LA PRESSE FRANÇAISE

LES ÉDITIONS DE MINUIT

© 1958 by LES ÉDITIONS DE MINUIT
7, rue Bernard-Palissy — 75006 Paris

ISBN 2-7073-0314-3

à G. J.

I

— Veux-tu lire ce qu'il y a d'écrit au-dessus de ta partition ? demanda la dame.

— Moderato cantabile, dit l'enfant.

La dame ponctua cette réponse d'un coup de crayon sur le clavier. L'enfant resta immobile, la tête tournée vers sa partition.

— Et qu'est-ce que ça veut dire, moderato cantabile ?

— Je ne sais pas.

Une femme, assise à trois mètres de là, soupira.

— Tu es sûr de ne pas savoir ce que ça veut dire, moderato cantabile ? reprit la dame.

L'enfant ne répondit pas. La dame poussa un cri d'impuissance étouffé, tout en frappant de nouveau le clavier de son crayon. Pas un cil de l'enfant ne bougea. La dame se retourna.

— Madame Desbaresdes, quelle tête vous avez là, dit-elle.

Anne Desbaresdes soupira une nouvelle fois.

— A qui le dites-vous, dit-elle.

L'enfant, immobile, les yeux baissés, fut seul à se souvenir que le soir venait d'éclater. Il en frémit.

— Je te l'ai dit la dernière fois, je te l'ai dit l'avant-dernière fois, je te l'ai dit cent fois, tu es sûr de ne pas le savoir ?

7

L'enfant ne jugea pas bon de répondre. La dame reconsidéra une nouvelle fois l'objet qui était devant elle. Sa fureur augmenta.

— Ça recommence, dit tout bas Anne Desbaresdes.

— Ce qu'il y a, continua la dame, ce qu'il y a, c'est que tu ne veux pas le dire.

Anne Desbaresdes aussi reconsidéra cet enfant de ses pieds jusqu'à sa tête mais d'une autre façon que la dame.

— Tu vas le dire tout de suite, hurla la dame.

L'enfant ne témoigna aucune surprise. Il ne répondit toujours pas. Alors la dame frappa une troisième fois sur le clavier, mais si fort que le crayon se cassa. Tout à côté des mains de l'enfant. Celles-ci étaient à peine écloses, rondes, laiteuses encore. Fermées sur elles-mêmes, elles ne bougèrent pas.

— C'est un enfant difficile, osa dire Anne Desbaresdes, non sans une certaine timidité.

L'enfant tourna la tête vers cette voix, vers elle, vite, le temps de s'assurer de son existence, puis il reprit sa pose d'objet, face à la partition. Ses mains restèrent fermées.

— Je ne veux pas savoir s'il est difficile ou non, Madame Desbaresdes, dit la dame. Difficile ou pas, il faut qu'il obéisse, ou bien.

Dans le temps qui suivit ce propos, le bruit de la mer entra par la fenêtre ouverte. Et avec lui, celui, atténué, de la ville au cœur de l'après-midi de ce printemps.

— Une dernière fois. Tu es sûr de ne pas le savoir ?

Une vedette passa dans le cadre de la fenêtre ouverte. L'enfant, tourné vers sa partition, remua à peine — seule sa mère le sut — alors que la vedette lui passait dans le sang. Le ronronnement feutré du moteur s'entendit dans toute la ville. Rares étaient les bateaux de plaisance. Le rose de la journée finissante colora le ciel tout entier. D'autres enfants, ailleurs, sur les quais, arrêtés, regardaient.

— Sûr, vraiment, une dernière fois, tu es sûr ? Encore, la vedette passait.

La dame s'étonna de tant d'obstination. Sa colère fléchit et elle se désespéra de si peu compter aux yeux de cet enfant, que d'un geste, pourtant, elle eût pu réduire à la parole, que l'aridité de son sort, soudain, lui apparut.

— Quel métier, quel métier, quel métier, gémit-elle.

Anne Desbaresdes ne releva pas le propos, mais sa tête se pencha un peu de la manière, peut-être, d'en convenir.

La vedette eut enfin fini de traverser le cadre de la fenêtre ouverte. Le bruit de la mer s'éleva, sans bornes, dans le silence de l'enfant.

— Moderato ?

L'enfant ouvrit sa main, la déplaça et se gratta légèrement le mollet. Son geste fut désinvolte et peut-être la dame convint-elle de son innocence.

— Je sais pas, dit-il, après s'être gratté.

Les couleurs du couchant devinrent tout à coup si glorieuses que la blondeur de cet enfant s'en trouva modifiée.

— C'est facile, dit la dame un peu plus calmement.

Elle se moucha longuement.

— Quel enfant j'ai là, dit Anne Desbaresdes joyeusement, tout de même, mais quel enfant j'ai fait là, et comment se fait-il qu'il me soit venu avec cet entêtement-là...

9

La dame ne crut pas bon de relever tant d'orgueil.

— Ça veut dire, dit-elle à l'enfant — écrasée — pour la centième fois, ça veut dire modéré et chantant.

— Modéré et chantant, dit l'enfant totalement en allé où ?

La dame se retourna.

— Ah, je vous jure.

— Terrible, affirma Anne Desbaresdes, en riant, têtu comme une chèvre, terrible.

— Recommence, dit la dame.

L'enfant ne recommença pas.

— Recommence, j'ai dit.

L'enfant ne bougea pas davantage. Le bruit de la mer dans le silence de son obstination se fit entendre de nouveau. Dans un dernier sursaut, le rose du ciel augmenta.

— Je ne veux pas apprendre le piano, dit l'enfant.

Dans la rue, en bas de l'immeuble, un cri de femme retentit. Une plainte longue, continue, s'éleva et si haut que le bruit de la mer en fut brisé. Puis elle s'arrêta, net.

— Qu'est-ce que c'est ? cria l'enfant.

— Quelque chose est arrivé, dit la dame.

Le bruit de la mer ressuscita de nouveau. Le rose du ciel, cependant commença à pâlir.

— Non, dit Anne Desbaresdes, ce n'est rien.

Elle se leva de sa chaise et alla vers le piano.

— Quelle nervosité, dit la dame en les regardant tous deux d'un air réprobateur.

Anne Desbaresdes prit son enfant par les épaules, le serra à lui faire mal, cria presque.

— Il faut apprendre le piano, il le faut.

10

L'enfant tremblait lui aussi, pour la même raison, d'avoir eu peur.

— J'aime pas le piano, dit-il dans un murmure.

D'autres cris relayèrent alors le premier, éparpillés, divers. Ils consacrèrent une actualité déjà dépassée, rassurante désormais. La leçon continuait donc.

— Il le faut, continua Anne Desbaresdes, il le faut.

La dame hocha la tête, la désapprouvant de tant de douceur. Le crépuscule commença à balayer la mer. Et le ciel, lentement, se décolora. L'ouest seul resta rouge encore. Il s'effaçait.

— Pourquoi ? demanda l'enfant.

— La musique, mon amour...

L'enfant prit son temps, celui de tenter de comprendre, ne comprit pas, mais l'admit.

— Bon. Mais qui a crié ?

— J'attends, dit la dame.

Il se mit à jouer. De la musique s'éleva par-dessus la rumeur d'une foule qui commençait à se former au-dessous de la fenêtre, sur le quai.

— Quand même, quand même, dit Anne Desbaresdes joyeusement, voyez.

— S'il voulait, dit la dame.

L'enfant termina sa sonatine. Aussitôt la rumeur d'en bas s'engouffra dans la pièce, impérieuse.

— Qu'est-ce que c'est ? redemanda l'enfant.

— Recommence, répondit la dame. N'oublie pas : moderato cantabile. Pense à une chanson qu'on te chanterait pour t'endormir.

— Jamais je ne lui chante de chansons, dit Anne Desbaresdes. Ce soir il va m'en demander une, et il le fera si bien que je ne pourrai pas refuser de chanter.

11

La dame ne voulut pas entendre. L'enfant recommença à jouer la sonatine de Diabelli.

— Si bémol à la clef, dit la dame très haut, tu l'oublies trop souvent.

Des voix précipitées, de femmes et d'hommes, de plus en plus nombreuses, montaient du quai. Elles semblaient toutes dire la même chose qu'on ne pouvait distinguer. La sonatine alla son train, impunément, mais cette fois, en son milieu, la dame n'y tint plus.

— Arrête.

L'enfant s'arrêta. La dame se tourna vers Anne Desbaresdes.

— C'est sûr, il s'est passé quelque chose de grave.

Ils allèrent tous les trois à la fenêtre. Sur la gauche du quai, à une vingtaine de mètres de l'immeuble, face à la porte d'un café, un groupe s'était déjà formé. Des gens arrivaient en courant de toutes les rues avoisinantes et s'aggloméraient à lui. C'était vers l'intérieur du café que tout le monde regardait.

— Hélas, dit la dame, ce quartier... — elle se tourna vers l'enfant, le prit par le bras — Recommence une dernière fois, là où tu t'es arrêté.

— Qu'est-ce qu'il y a ?

— Ta sonatine.

L'enfant joua. Il reprit la sonatine au même rythme que précédemment et, la fin de la leçon approchant, il la nuança comme on le désirait, moderato cantabile.

— Quand il obéit de cette façon, ça me dégoûte un peu, dit Anne Desbaresdes. Je ne sais pas ce que je veux, voyez-vous. Quel martyre.

L'enfant continua néanmoins à bien faire.

— Quelle éducation lui donnez-vous là, Madame Desbaresdes, remarqua la dame presque joyeusement.

12

Alors l'enfant s'arrêta.

— Pourquoi t'arrêtes-tu ?

— Je croyais.

Il reprit sa sonatine comme on le lui demandait. Le bruit sourd de la foule s'amplifiait toujours, il devenait maintenant si puissant, même à cette hauteur-là de l'immeuble, que la musique en était débordée.

— Ce si bémol à la clef, n'oublie pas, dit la dame, sans ça ce serait parfait, tu vois.

La sonatine se déroula, grandit, atteignit son dernier accord une fois de plus. Et l'heure prit fin. La dame proclama la leçon terminée pour ce jour-là.

— Vous aurez beaucoup de mal, Madame Desbaresdes, avec cet enfant, dit-elle, c'est moi qui vous le dis.

— C'est déjà fait, il me dévore.

Anne Desbaresdes baissa la tête, ses yeux se fermèrent dans le douloureux sourire d'un enfantement sans fin. En bas, quelques cris, des appels maintenant raisonnables, indiquèrent la consommation d'un événement inconnu.

— Demain, nous le saurons bien, dit la dame.

L'enfant courut à la fenêtre.

— Des autos qui arrivent, dit-il.

La foule obstruait le café de part et d'autre de l'entrée, elle se grossissait encore, mais plus faiblement, des apports des rues voisines, elle était beaucoup plus importante qu'on n'eût pu le prévoir. La ville s'était multipliée. Les gens s'écartèrent, un courant se creusa au milieu d'eux pour laisser le passage à un fourgon noir. Trois hommes en descendirent et pénétrèrent dans le café.

— La police, dit quelqu'un.

Anne Desbaresdes se renseigna.

— Quelqu'un qui a été tué. Une femme.

Elle laissa son enfant devant le porche de Mademoiselle Giraud, rejoignit le gros de la foule devant le café, s'y faufila et atteignit le dernier rang des gens qui, le long des vitres ouvertes, immobilisés par le spectacle, voyaient. Au fond du café, dans la pénombre de l'arrière-salle, une femme était étendue par terre, inerte. Un homme, couché sur elle, agrippé à ses épaules, l'appelait calmement.

— Mon amour. Mon amour.

Il se tourna vers la foule, la regarda, et on vit ses yeux. Toute expression en avait disparu, exceptée celle, foudroyée, indélébile, inversée du monde, de son désir. La police entra. La patronne, dignement dressée près de son comptoir, l'attendait.

— Trois fois que j'essaye de vous appeler.

— Pauvre femme, dit quelqu'un.

— Pourquoi ? demanda Anne Desbaresdes.

— On ne sait pas.

L'homme, dans son délire, se vautrait sur le corps étendu de la femme. Un inspecteur le prit par le bras et le releva. Il se laissa faire. Apparemment, toute dignité l'avait quitté à jamais. Il scruta l'inspecteur d'un regard toujours absent du reste du monde. L'inspecteur le lâcha, sortit un carnet de sa poche, un crayon, lui demanda de décliner son identité, attendit.

— Ce n'est pas la peine, je ne répondrai pas maintenant, dit l'homme.

L'inspecteur n'insista pas et alla rejoindre ses collègues qui questionnaient la patronne, assis à la dernière table de l'arrière-salle.

L'homme s'assit près de la femme morte, lui caressa les cheveux et lui sourit. Un jeune homme

14

arriva en courant à la porte du café, un appareil-photo en bandoulière et le photographia ainsi, assis et souriant. Dans la lueur du magnésium, on put voir que la femme était jeune encore et qu'il y avait du sang qui coulait de sa bouche en minces filets épars et qu'il y en avait aussi sur le visage de l'homme qui l'avait embrassée. Dans la foule, quelqu'un dit :

— C'est dégoûtant, et s'en alla.

L'homme se recoucha de nouveau le long du corps de sa femme, mais un temps très court. Puis, comme si cela l'eût lassé, il se releva encore.

— Empêchez-le de partir, cria la patronne.

Mais l'homme ne s'était relevé que pour mieux s'allonger encore, de plus près, le long du corps. Il resta là, dans une résolution apparemment tranquille, agrippé de nouveau à elle de ses deux bras, le visage collé au sien, dans le sang de sa bouche.

Mais les inspecteurs en eurent fini d'écrire sous la dictée de la patronne et, à pas lents, tous trois marchant de front, un air identique d'intense ennui sur leur visage, ils arrivèrent devant lui.

L'enfant, sagement assis sous le porche de Mademoiselle Giraud, avait un peu oublié. Il fredonnait la sonatine de Diabelli.

— Ce n'était rien, dit Anne Desbaresdes, maintenant il faut rentrer.

L'enfant la suivit. Des renforts de police arrivèrent — trop tard, sans raison. Comme ils passaient devant le café, l'homme en sortit, encadré par les inspecteurs. Sur son passage, les gens s'écartèrent en silence.

— Ce n'est pas lui qui a crié, dit l'enfant. Lui, il n'a pas crié.

— Ce n'est pas lui. Ne regarde pas.

— Dis-moi pourquoi.

— Je ne sais pas.

L'homme marcha docilement jusqu'au fourgon. Mais, une fois là, il se débattit en silence, échappa aux inspecteurs et courut en sens inverse, de toutes ses forces, vers le café. Mais, comme il allait l'atteindre, le café s'éteignit. Alors il s'arrêta, en pleine course, il suivit de nouveau les inspecteurs jusqu'au fourgon et il y monta. Peut-être alors pleura-t-il, mais le crépuscule trop avancé déjà ne permit d'apercevoir que la grimace ensanglantée et tremblante de son visage et non plus de voir si des larmes s'y coulaient.

— Quand même, dit Anne Desbaresdes en arrivant boulevard de la Mer, tu pourrais t'en souvenir une fois pour toutes. Moderato, ça veut dire modéré, et cantabile, ça veut dire chantant, c'est facile.

II

Le lendemain, alors que toutes les usines fumaient encore à l'autre bout de la ville, à l'heure déjà passée où chaque vendredi ils allaient dans ce quartier,

— Viens, dit Anne Desbaresdes à son enfant.

Ils longèrent le boulevard de la Mer. Déjà des gens s'y promenaient, flânant. Et même il y avait quelques baigneurs.

L'enfant avait l'habitude de parcourir la ville, chaque jour, en compagnie de sa mère, de telle sorte qu'elle pouvait le mener n'importe où. Cependant, une fois le premier môle dépassé, lorsqu'ils atteignirent le deuxième bassin des remorqueurs, au-dessus duquel habitait Mademoiselle Giraud, il s'effraya.

— Pourquoi là ?

— Pourquoi pas ? dit Anne Desbaresdes. Aujourd'hui, c'est pour se promener seulement. Viens. Là, ou ailleurs.

L'enfant se laissa faire, la suivit jusqu'au bout.

Elle alla droit au comptoir. Seul un homme y était, qui lisait un journal.

— Un verre de vin, demanda-t-elle.

Sa voix tremblait. La patronne s'étonna, puis se ressaisit.

— Et pour l'enfant ?

— Rien.

— C'est là qu'on a crié, je me rappelle, dit l'enfant.

Il se dirigea vers le soleil de la porte, descendit la marche, disparut sur le trottoir.

— Il fait beau, dit la patronne.

Elle vit que cette femme tremblait, évita de la regarder.

— J'avais soif, dit Anne Desbaresdes.

— Les premières chaleurs, c'est pourquoi.

— Et même je vous demanderai un autre verre de vin.

Au tremblement persistant des mains accrochées au verre, la patronne comprit qu'elle n'aurait pas si vite l'explication qu'elle désirait, que celle-ci viendrait d'elle-même, une fois cet émoi passé.

Ce fut plus rapide qu'elle l'eût cru. Anne Desbaresdes but le deuxième verre de vin d'un trait.

— Je passais, dit-elle.

— C'est un temps à se promener, dit la patronne.

L'homme avait cessé de lire son journal.

— Justement, hier à cette heure-ci, j'étais chez Mademoiselle Giraud.

Le tremblement des mains s'atténua. Le visage prit une contenance presque décente.

— Je vous reconnais.

— C'était un crime, dit l'homme.

Anne Desbaresdes mentit.

— Je vois... Je me le demandais, voyez-vous.

— C'est naturel.

— Parfaitement, dit la patronne. Ce matin, c'était un défilé.

L'enfant passa à cloche-pied sur le trottoir.

— Mademoiselle Giraud donne des leçons à mon petit garçon.

Le vin aidant sans doute, le tremblement de la voix avait lui aussi cessé. Dans les yeux, peu à peu, afflua un sourire de délivrance.

— Il vous ressemble, dit la patronne.

— On le dit — le sourire se précisa encore.

— Les yeux.

— Je ne sais pas, dit Anne Desbaresdes. Voyez-vous... tout en le promenant, je trouvais que c'était une occasion que de venir aujourd'hui ici. Ainsi...

— Un crime, oui.

Anne Desbaresdes mentit de nouveau.

— Ah, je l'ignorais, voyez-vous.

Ue remorqueur quitta le bassin et démarra dans le fracas régulier et chaud de ses moteurs. L'enfant s'immobilisa sur le trottoir, pendant le temps que dura sa manœuvre, puis il se retourna vers sa mère.

— Où ça va ?

Elle l'ignorait, dit-elle. L'enfant repartit. Elle prit le verre vide devant elle, s'aperçut de sa mégarde, le reposa sur le comptoir et attendit, les yeux baissés. Alors, l'homme se rapprocha.

— Vous permettez.

Elle ne s'étonna pas, toute à son désarroi.

— C'est que je n'ai pas l'habitude, Monsieur.

Il commanda du vin, fit encore un pas vers elle.

— Ce cri était si fort que vraiment il est bien naturel que l'on cherche à savoir. J'aurais pu difficilement éviter de le faire, voyez-vous.

Elle but son vin, le troisième verre.

— Ce que je sais, c'est qu'il lui a tiré une balle dans le cœur.

Deux clients entrèrent. Ils reconnurent cette femme au comptoir, s'étonnèrent.

— Et, évidemment on ne peut pas savoir pourquoi ?

Il était clair qu'elle n'avait pas l'habitude du vin, qu'à cette heure-là de la journée autre chose de bien différent l'occupait en général.

— J'aimerais pouvoir vous le dire, mais je ne sais rien de sûr.

— Peut-être que personne ne le sait ?

— Lui le savait. Il est maintenant devenu fou, enfermé depuis hier soir. Elle, est morte.

L'enfant surgit de dehors et se colla contre sa mère dans un mouvement d'abandon heureux. Elle lui caressa distraitement les cheveux. L'homme regarda plus attentivement.

— Ils s'aimaient, dit-il.

Elle sursauta, mais à peine.

— Alors, maintenant, tu le sais, dit l'enfant, pourquoi on a crié ?

Elle ne répondit pas, fit, de la tête, signe que non. L'enfant s'en alla de nouveau vers la porte, elle le suivit des yeux.

— Lui travaillait à l'arsenal. Elle, je ne sais pas.

Elle se retourna vers lui, s'approcha.

— Peut-être avaient-ils des difficultés, ce qu'on appelle des difficultés de cœur alors ?

Les clients s'en allèrent. La patronne, qui avait entendu, vint au bout du comptoir.

— Et mariée, elle, dit-elle, trois enfants, et ivrogne, c'est à se demander.

— N'empêche, peut-être ? demanda Anne Desbaresdes, au bout d'un temps.

L'homme n'acquiesça pas. Elle se décontenança. Et aussitôt, le tremblement des mains recommença.

— Enfin, je ne sais pas... dit-elle.

— Non, dit la patronne, croyez-moi, et je n'aime

pas me mêler des affaires des autres en général.

Trois nouveaux clients entrèrent. La patronne s'éloigna.

— N'empêche, je crois aussi, dit l'homme en souriant. Ils devaient avoir, oui, des difficultés de cœur, comme vous dites. Mais peut-être n'est-ce pas en raison de ces difficultés-là qu'il l'a tuée, qui sait ?

— Qui sait, c'est vrai.

La main chercha le verre, machinalement. Il fit signe à la patronne de les servir à nouveau de vin. Anne Desbaresdes ne protesta pas, eut l'air, au contraire, de l'attendre.

— A le voir faire avec elle, dit-elle doucement, comme si, vivante ou morte, ça ne lui importait plus désormais, vous croyez qu'il est possible d'en arriver... là... autrement que... par désespoir ?

L'homme hésita, la regarda en face, prit un ton tranchant.

— Je l'ignore, dit-il.

Il lui tendit son verre, elle le prit, but. Et il la ramena vers des régions qui sans doute devaient lui être plus familières.

— Vous vous promenez souvent dans la ville.

Elle avala une gorgée de vin, le sourire revint sur son visage et l'obscurcit de nouveau, mais plus avant que tout à l'heure. Son ivresse commençait.

— Oui, tous les jours je promène mon enfant.

La patronne, qu'il surveillait, parlait avec les trois clients. C'était un samedi. Les gens avaient du temps à perdre.

— Mais dans cette ville, si petite qu'elle soit, tous les jours il se passe quelque chose, vous le savez bien.

— Je le sais, mais sans doute qu'un jour ou

21

l'autre... une chose vous étonne davantage — elle se troubla. D'habitude je vais dans les squares ou au bord de la mer.

Toujours grâce à son ivresse qui grandissait, elle en vint à regarder devant elle, cet homme.

— Il y a longtemps que vous le promenez.

Les yeux de cet homme qui lui parlait et qui la regardait aussi, dans le même temps.

— Je veux dire qu'il y a longtemps que vous le promenez dans les squares ou au bord de la mer, reprit-il.

Elle se plaignit. Son sourire disparut. Une moue le remplaça, qui mit brutalement son visage à découvert.

— Je n'aurais pas dû boire tant de vin.

Une sirène retentit qui annonçait la fin du travail pour les équipes du samedi. Aussitôt après, la radio s'éleva en rafale, insupportable.

— Six heures déjà, annonça la patronne.

Elle baissa la radio, s'affaira, prépara des files de verres sur le comptoir. Anne Desbaresdes resta un long moment dans un silence stupéfié à regarder le quai, comme si elle ne parvenait pas à savoir ce qu'il lui fallait faire d'elle-même. Lorsque dans le port un mouvement d'hommes s'annonça, bruissant, de loin encore, l'homme lui reparla.

— Je vous disais qu'il y avait longtemps que vous promeniez cet enfant au bord de la mer ou dans les squares.

— J'y ai pensé de plus en plus depuis hier soir, dit Anne Desbaresdes, depuis la leçon de piano de mon enfant. Je n'aurais pas pu m'empêcher de venir aujourd'hui, voyez.

Les premiers hommes entrèrent. L'enfant se fraya un passage à travers eux, curieux, et arriva jusqu'à sa mère, qui le prit contre elle dans un mouvement d'enlacement machinal.

— Vous êtes Madame Desbaresdes. La femme du directeur d'Import Export et des Fonderies de la Côte. Vous habitez boulevard de la Mer.

Une autre sirène retentit, plus faible que la première, à l'autre bout du quai. Un remorqueur arriva. L'enfant se dégagea, d'une façon assez brutale, s'en alla en courant.

— Il apprend le piano, dit-elle. Il a des dispositions, mais beaucoup de mauvaise volonté, il faut que j'en convienne.

Toujours pour faire place aux hommes qui entraient régulièrement très nombreux dans le café, il se rapprocha un peu plus d'elle. Les premiers clients s'en allèrent. D'autres arrivèrent encore. Entre eux, dans le jeu de leurs allées et venues, on voyait le soleil se coucher dans la mer, le ciel qui flambait et l'enfant qui, de l'autre côté du quai, jouait tout seul à des jeux dont le secret était indiscernable à cette distance. Il sautait des obstacles imaginaires, devait chanter.

— Je voudrais pour cet enfant tant de choses à la fois que je ne sais pas comment m'y prendre, par où commencer. Et je m'y prends très mal. Il faut que je rentre parce qu'il est tard.

— Je vous ai vue souvent. Je n'imaginais pas qu'un jour vous arriveriez jusqu'ici avec votre enfant.

La patronne augmenta un peu le volume de la radio pour ceux des derniers clients qui venaient d'entrer. Anne Desbaresdes se tourna vers le comptoir, fit une grimace, accepta le bruit, l'oublia.

— Si vous saviez tout le bonheur qu'on leur veut, comme si c'était possible. Peut-être vaudrait-il

23

mieux parfois que l'on nous en sépare. Je n'arrive pas à me faire une raison de cet enfant.

— Vous avez une belle maison au bout du boulevard de la Mer. Un grand jardin fermé.

Elle le regarda, perplexe, revenue à elle.

— Mais ces leçons de piano, j'en ai beaucoup de plaisir, affirma-t-elle.

L'enfant, traqué par le crépuscule, revint une nouvelle fois vers eux. Il resta là à contempler le monde, les clients. L'homme fit signe à Anne Desbaresdes de regarder au-dehors. Il lui sourit.

— Regardez, dit-il, les jours allongent, allongent...

Anne Desbaresdes regarda, ajusta son manteau avec soin, lentement.

— Vous travaillez dans cette ville, Monsieur ?

— Dans cette ville, oui. Si vous reveniez, j'essaierais de savoir autre chose et je vous le dirais.

Elle baissa les yeux, se souvint et pâlit.

— Du sang sur sa bouche, dit-elle, et il l'embrassait, l'embrassait.

Elle se reprit : ce que vous avez dit, vous le supposiez ?

— Je n'ai rien dit.

Le couchant était si bas maintenant qu'il atteignait le visage de cet homme. Son corps, debout, légèrement appuyé au comptoir, le recevait déjà depuis un moment.

— A l'avoir vu, on ne peut pas s'empêcher, n'est-ce pas, c'est presque inévitable ?

— Je n'ai rien dit, répéta l'homme. Mais je crois qu'il l'a visée au cœur comme elle le lui demandait.

Anne Desbaresdes gémit. Une plainte presque licencieuse, douce, sortit de cette femme.

— C'est curieux, je n'ai pas envie de rentrer, dit-elle.

Il prit brusquement son verre, le termina d'un trait, ne répondit pas, la quitta des yeux.

— J'ai dû trop boire, continua-t-elle, voyez-vous, c'est ça.

— C'est ça, oui, dit l'homme.

Le café s'était presque vidé. Les entrées se firent plus rares. Tout en lavant ses verres, la patronne les lorgnait, intriguée de les voir tant s'attarder, sans doute. L'enfant, revenu vers la porte, contemplait les quais maintenant silencieux. Debout devant l'homme, tournant le dos au port, Anne Desbaresdes se tut encore longtemps. Lui ne paraissait pas s'apercevoir de sa présence.

— Il m'aurait été impossible de ne pas revenir, dit-elle enfin.

— Je suis revenu moi aussi pour la même raison que vous.

— On la voit souvent par la ville, dit la patronne, avec son petit garçon. A la belle saison tous les jours.

— Les leçons de piano ?

— Le vendredi, une fois par semaine. Hier. Ça lui faisait une sortie, en somme, cette histoire.

L'homme faisait jouer la monnaie dans sa poche. Il fixait le quai devant lui. La patronne n'insista pas.

Le môle dépassé, le boulevard de la Mer s'étendait, parfaitement rectiligne, jusqu'à la fin de la ville.

— Lève la tête, dit Anne Desbaresdes. Regarde-moi.

L'enfant obéit, accoutumé à ses manières.

— Quelquefois je crois que je t'ai inventé, que ce n'est pas vrai, tu vois.

L'enfant leva la tête et bâilla face à elle. L'intérieur de sa bouche s'emplit de la dernière lueur du couchant. L'étonnement de Anne Desbaresdes, quand elle regardait cet enfant, était toujours égal à lui-même depuis le premier jour. Mais ce soir-là sans doute crut-elle cet étonnement comme à lui-même renouvelé.

III

L'enfant poussa la grille, son petit cartable bringuebalant sur son dos, puis il s'arrêta sur le seuil du parc. Il inspecta les pelouses autour de lui, marcha lentement, sur la pointe des pieds, attentif, on ne sait jamais, aux oiseaux qu'il aurait fait fuir en avançant. Justement, un oiseau s'envola. L'enfant le suivit des yeux pendant un moment, le temps de le voir se poser sur un arbre du parc voisin, puis il continua son chemin jusqu'au-dessous d'une certaine fenêtre, derrière un hêtre. Il leva la tête. A cette fenêtre, à cette heure-là de la journée, toujours on lui souriait. On lui sourit.

— Viens, cria Anne Desbaresdes, on va se promener.

— Le long de la mer ?

— Le long de la mer, partout. Viens.

Ils suivirent de nouveau le boulevard en direction des môles. L'enfant comprit très vite, ne s'étonna guère.

— C'est loin, se plaignit-il — puis il accepta, chantonna.

Lorsqu'ils dépassèrent le premier bassin, il était encore tôt. Devant eux, à l'extrémité sud de la ville, l'horizon était obscurci de zébrures noires, de nuages ocre que versaient vers le ciel les fonderies.

L'heure était creuse, le café encore désert. Seul, l'homme était là, au bout du bar. La patronne, aussitôt qu'elle entra, se leva et alla vers Anne Desbaresdes. L'homme ne bougea pas.

— Ce sera ?

— Je voudrais un verre de vin.

Elle le but aussitôt servi. Le tremblement était encore plus fort que trois jours auparavant.

— Vous vous étonnez peut-être de me revoir ?

— Dans mon métier..., dit la patronne.

Elle lorgna l'homme à la dérobée — lui aussi avait pâli —, se rassit, puis, se ravisant, se retourna sur elle-même et d'un geste décent, alluma la radio. L'enfant quitta sa mère et s'en alla sur le trottoir.

— Comme je vous le disais, mon petit garçon prend des leçons de piano chez Mademoiselle Giraud. Vous devez la connaître.

— Je la connais. Il y a plus d'un an que je vous vois passer, une fois par semaine, le vendredi, n'est-ce pas ?

— Le vendredi, oui. Je voudrais un autre verre de vin.

L'enfant avait trouvé un compagnon. Immobiles sur l'avancée du quai, ils regardaient décharger le sable d'une grande péniche. Anne Desbaresbes but la moitié de son second verre de vin. Le tremblement de ses mains s'atténua un peu.

— C'est un enfant qui est toujours seul, dit-elle en regardant vers l'avancée du quai.

La patronne reprit son tricot rouge, elle jugea inutile de répondre. Un autre remorqueur chargé à ras bord entrait dans le port. L'enfant cria quelque chose d'indistinct. L'homme s'approcha d'Anne Desbaresdes.

— Asseyez-vous, dit-il.